AF454234

25 mars 1896

VENTE

Du Mercredi 25 Mars 1896

HOTEL DROUOT, SALLE N° 7

A DEUX HEURES 1/4

BIJOUX

Enrichis de

BRILLANTS, PERLES, ÉMERAUDES, SAPHIRS

TURQUOISES, RUBIS, ROSES

COLLIER DE PERLES. RIVIÈRE EN BRILLANTS

Belles Montres d'homme

ARGENTERIE ARTISTIQUE

DENTELLES

Mᵉ G BOULLAND	**M. A. BLOCHE**
Commissaire-Priseur	Expert près la Cour d'Appel
26, Rue des Petits-Champs	28, rue de Châteaudun, 28

EXPOSITION PUBLIQUE

Le Mardi 24 Mars 1896, de 1 h. 1/2 à 5 h. 1/2

CONDITIONS DE LA VENTE

La vente sera faite *expressément* au comptant.

Les acquéreurs payeront en sus des adjudications *cinq pour cent.*

L'exposition mettant le public à même de se rendre compte de l'état des objets, il ne sera admis aucune réclamation une fois l'adjudication prononcée.

Paris. — Imp. E. Ménard & Cie, 8, rue Milton.

BIJOUX

1 — Belle broche forme croissant enrichie de six rangs de brillants, de la maison Bapst et Falize.

2 — Paire de boutons d'oreilles, turquoises entourées de seize brillants.

3 — Broche forme papillon tout enrichi de brillants, rubis et saphirs.

4 — Bague en or, turquoise entourée de douze brillants.

5 — Broche forme artistique enrichie de brillants anciens et d'une turquoise.

6 — Bague jumelle ornée d'un brillant ancien, d'une émeraude ancienne et de six brillants sur le corps.

7 — Trois brillants montés en boutons de chemise.

8 — Montre savonnette à double boîtier et à remontoir en or.

9 — Bracelet en or enrichi de cinq turquoises et de cinq perles fines.

10 — Bague en or ornée d'une émeraude cabochon.

11 — Bracelet en or, saphir entouré de douze brillants.

12 — Montre d'homme en or à secondes.

13 — Épingle de cravate forme trèfle enrichie de trois grosses perles fines et d'un brillant.

14 — Paire de boucles d'oreilles composées chacune d'un saphir cabochon et de quatre brillants.

15 — Bracelet serpent en or mat enrichi d'un saphir.

16 — Paire de boutons de manchettes or mat avec saphirs cabochons.

17 — Bracelet chaîne en or avec médaille.

18 — Broche papillon en or avec rubis, émeraudes et roses.

19 — Deux épingles jumelles or et perles.

20 — Broche avec miniature, monture ornée de demi-perles.

21 — Épingle de cravate forme gland composée d'une perle blanche avec calotte et feuillages en roses.

22 — Broche à ornements avec pampilles, chaînettes en brillants et roses.

23 — Bracelet chaîne tout en brillants et roses.

24 — Broche forme croissant tout en brillants partie montée à griffes.

25 — Broche forme rosace fleurie en or et argent enrichie de brillants et de roses.

26 — Broche représentant un petit pâtissier tout en roses, rubis et perles.

27 — Broche barrette composée de trois saphirs cabochons et deux brillants.

28 — Joli collier d'un rang de soixante-treize perles fines d'Orient, avec fermoir en diamants.

29 — Broche-barrette ornée d'une grosse perle et de brillants.

30-31 — Deux épingles de cravate perles fines.

32 — Épingle de cravate forme tête de canard.

33 — Autre ornée d'un corail entouré de roses.

34 — Six boutons de chemise en or et perles fines.

35 — Brillant pesant 12 carats 1 32 monté sur bracelet en or.

36 — Bracelet en or enrichi de neuf gros brillants.

37 — Rivière composée de soixante-six brillants montés en chaton.

38 — Collier, forme dite de chien, à sept rangs de perles et trois barrettes en brillants et roses.

39 — Bague en or composée d'un saphir entouré de douze brillants.

40 — Deux boucles d'oreilles : opales surmontées de brillants.

41 — Bague chevalière en or ornée d'une turquoise.

41 bis — Épingle de cravate perle et brillant de table.

42 — Paire de boutons d'oreilles, perles fines surmontées de brillants.

43 — Bague ornée d'un brillant, corps enrichi de diamants.

44 — Broche forme trèfle enrichie de quatre brillants et de roses.

45 — Paire de pendants d'oreilles enrichis de roses anciennes.

46 — Épingle de cravate forme gland enrichie d'une perle fine et de diamants.

47 — Epingle à chapeau perle grise et diamants.

48 — Broche forme bourdon enrichie d'une perle fine, de brillants et pierres de couleur.

49 — Epingle de cravate forme truelle ornée d'un brillant de table et d'une perle.

5o — Broche barette enrichie d'une perle fine et de deux brillants.

5ı — Broche forme cygne en perle, brillants et émeraudes.

52 —- Bague, turquoise entourée de brillants.

53 — Broche émeraude avec diamants.

54 — Bague émeraude entourée de roses.

55 — Broche feuillage opale et diamants.

56 — Peigne avec applique en argent orné de diamants.

57 — Belle montre chronomètre d'homme en or à double cuvette, à remontoir, sonnerie et répétition.

58 — Bague en or martelée avec brillant solitaire.

59 — Bague-marquise en or pavée de brillants.

60 — Bague en or enrichie d'un rubis, le corps orné de seize brillants.

61 — Rubis cabochon monté à griffe en bague.

62 — Belle montre en or à répétition et à secondes indépendantes.

63 — Jolie broche en or forme rosace enrichie de quarante-et-un brillants.

64 — Deux pendants d'oreille en or.

65 — Broche en or ornée d'une perle fine et de roses.

66 — Epingle de cravate à double face avec deux perles.

67 — Bracelet manchette composé de sept cercles en or émaillé noir avec quatre barrettes comprenant trente deux perles.

68 — Bracelet formé de deux chaînes et de médailles grecques en or italien.

69 — Collier en onyx.

70 — Montre à sonnerie, double boîtier en or.

71 — Bague camée, entourée de roses.

72 — Miniature, portrait de femme, cadre bois sculpté et doré.

73 — Miniature, portrait de femme, Ier Empire.

74 — Bonbonnière en émail avec montre.

ARGENTERIE

75 — Très beau service en argent doré et émaillé composé d'un plateau, deux tasses avec sou-

coupes, un sucrier, une théière, un pot à crème, deux cuillères et une pince à sucre.

76 — Service composé d'un plateau, une théière, un pot à crème et un sucrier en vermeil gravé et émaillé.

77-79 — Six aiguières ou carafes en cristal montées en argent.

80 — Deux bourses en argent.

81 — Belle cuvette et pot à eau, en argent ciselé, style Louis XVI.

82 — Porte cigarettes en argent.

83 — Paire petits flambeaux surbaissés en argent repoussé, fuseaux tors, pieds à guirlandes de fleurs, Louis XIII.

84 — Boîte à poudre en argent repoussé, décors à fleurs et côtes tournantes, style Louis XV.

85 — Miroir à main, cadre argent à rocailles, style Louis XV.

86 — Glace à main, monture argent doré avec couronne.

87 — Glace biseautée avec jolie monture en argent repoussé, Louis XIV.

88 — Paire de flambeaux en argent, époque Louis XIV.

89 — Paire de flambeaux en argent repoussé à rocailles fleuronnées, Louis XV.

90-91 — Deux porte-cigarettes en argent.

92 — Quatre cuillères en argent russe.

93 — Porte-monnaie en argent doré et émaillé russe.

DENTELLES

94 — Coupe de dix mètres environ de Chantilly.

95 — Deux voilettes en dentelle noire.

96 — Objets omis.

www.ingramcontent.com/pod-product-compliance
Lightning Source LLC
LaVergne TN
LVHW021612170726
843501LV00010B/4001